世界名詩選集 / 윤 동 주

SEO MUN DANG'S
SCENTED TREASURY
OF WORLD POETRY
AND
FINE ART

* 이 시집은 원문(原文)에 따랐으되, 표기는 편의상 현행 맞춤법에 맞게 바로 잡고, 독자적인 시적 어휘는 원문대로 실었음을 밝혀 둡니다.

世界名詩選集

윤 동 주

瑞文堂

윤 동 주/차 례

하늘과 바람과 별과

서　시(序詩)

죽는 날까지 하늘을 우러러
한 점 부끄럼이 없기를,
잎새에 이는 바람에도
나는 괴로와했다.
별을 노래하는 마음으로
모든 죽어가는 것을 사랑해야지
그리고 나한테 주어진 길을
걸어가야겠다.

오늘 밤에도 별이 바람에 스치운다.

태초(太初)의 아침

봄날 아침도 아니고
여름, 가을, 겨울,
그런 날 아침도 아닌 아침에

빨—간 꽃이 피어났네,
햇빛이 푸른데,

그 전(前)날 밤에
그 전(前)날 밤에
모든 것이 마련되었네,

사랑은 뱀과 함께
독(毒)은 어린 꽃과 함께.

또 태초(太初)의 아침

하얗게 눈이 덮이었고
전신주(電信柱)가 잉잉 울어
하나님 말씀이 들려 온다.

무슨 계시(啓示)일까.

빨리
봄이 오면
죄(罪)를 짓고
눈이
밝아

이브가 해산(解産)하는 수고를 다하면

무화과(無花果) 잎사귀로 부끄런 데를 가리고

나는 이마에 땀을 흘려야겠다.

새벽이 올 때까지

다들 죽어가는 사람들에게
검은 옷을 입히시요.

다들 살아가는 사람들에게
흰 옷을 입히시요.

그리고 한 침대(寢臺)에
가즈런히 잠을 재우시요

다들 울거들랑
젖을 먹이시요

이제 새벽이 오면
나팔소리 들려 올 게외다.

별 헤는 밤

계절(季節)이 지나가는 하늘에는
가을로 가득 차 있습니다.

나는 아무 걱정도 없이
가을 속의 별들을 다 헤일 듯합니다.

가슴 속에 하나 둘 새겨지는 별을
이제 다 못 헤는 것은
쉬이 아침이 오는 까닭이오,
내일(來日) 밤이 남은 까닭이오,
아직 나의 청춘이 다하지 않은 까닭입니다.

별 하나에 추억(追憶)과
별 하나에 사랑과
별 하나에 쓸쓸함과
별 하나에 동경(憧憬)과
별 하나에 시(詩)와
별 하나에 어머니, 어머니,

어머님, 나는 별 하나에 아름다운 말 한 마디씩 불러 봅니다. 소학교(小學校) 때 책상(冊床)을 같이 했던 아이들의 이름과 패(佩), 경(鏡), 옥(玉) 이런 이국 소녀(異國少女)들의 이름과, 벌써 애기 어머니 된 계집애들의 이름과, 가난한

이웃 사람들의 이름과, 비둘기, 강아지, 토끼, 노새, 노루, 「프란시스 잠」「라이너 마리아 릴케」 이런 시인의 이름을 불러 봅니다.

이네들은 너무나 멀리 있습니다.
별이 아슬히 멀듯이,

어머님,
그리고 당신은 멀리 북간도(北間島)에 계십니다.

나는 무엇인지 그리워

이 많은 별빛이 내린 언덕 위에
내 이름자를 써 보고,
흙으로 덮어 버리었습니다.

따는 밤을 새워 우는 벌레는
부끄러운 이름을 슬퍼하는 까닭입니다.

그러나 겨울이 지나고 나의 별에도 봄이 오면
무덤 위에 파란 잔디가 피어나듯이
내 이름자 묻힌 언덕 위에도
자랑처럼 풀이 무성할 게외다.

위　　로(慰勞)

거미란 놈이 흉한 심보로 병원(病院) 뒤뜰 난간과 꽃밭 사이 사람 발이 잘 닿지 않는 곳에 그물을 쳐놓았다. 옥외(屋外) 요양(療養)을 받는 젊은 사나이가 누워서 치어다 보기 바르게——

나비가 한 마리 꽃밭에 날아들다 그물에 걸리었다. 노－란 날개를 파득거려도 파득거려도 나비는 자꾸 감기우기만 한다. 거미가 쏜살같이 가더니 끝없는 끝없는 실을 뽑아 나비의 온 몸을 감아 버린다. 사나이는 긴 한숨을 쉬었다.

나이보담 무수한 고생 끝에 때를 잃고 병(病)을 얻은 이 사나이를 위로(慰勞)할 말이——거미줄을 헝클어 버리는 것밖에 위로의 말이 없었다.

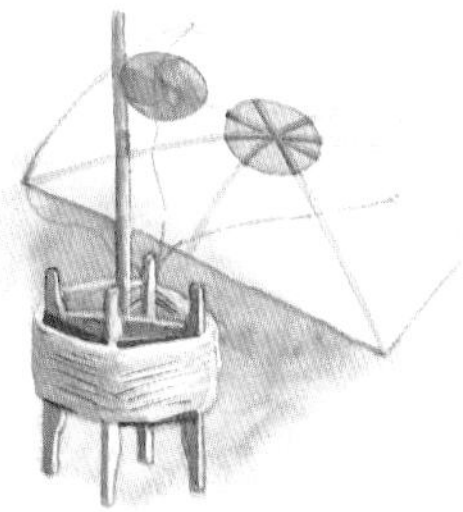

돌아와 보는 밤

세상으로부터 돌아오듯이 이제 내 좁은 방에 돌아와 불을 끄옵니다. 불을 켜 두는 것은 너무나 피로롭은 일이옵니다. 그것은 낮의 연장(延長)이옵기에——

이제 창(窓)을 열어 공기(空氣)를 바꾸어 들여야 할 텐데 밖을 가만히 내다보아야 방(房)안과 같이 어두워 꼭 세상 같은데 비를 맞고 오던 길이 그대로 비 속에 젖어 있사옵니다.

하루의 울분을 씻을 바 없어 가만히 눈을 감으면 마음 속으로 흐르는 소리. 이제, 사상(思想)이 능금처럼 저절로 익어 가옵니다.

십 자 가(十字架)

쫓아오던 햇빛인데
지금 교회당(教會堂) 꼭대기
십자가(十字架)에 걸리었습니다.

첨탑(尖塔)이 저렇게도 높은데
어떻게 올라갈 수 있을까요.

종(鐘)소리도 들려 오지 않는데
휘파람이나 불며 서성거리다가,

괴로웠던 사나이,
행복(幸福)한 예수 그리스도에게
처럼
십자가(十字架)가 허락(許諾)된다면

모가지를 드리우고
꽃처럼 피어나는 피를
어두워 가는 하늘 밑에
조용히 흘리겠습니다.

밤

오양간 당나귀
아――ㅇ 외마디 울음 울고,

당나귀 소리에
으――아 아 애기 소스라쳐 깨고,

등잔에 불을 다오.

아버지는 당나귀에게
짚을 한 키 담아주고,

어머니는 애기에게
젖을 한 모금 먹이고,

밤은 다시 고요히 잠드오.

소　년(少年)

여기저기서 단풍잎 같은 슬픈 가을이 뚝뚝 떨어진다. 단풍잎 떨어져 나온 자리마다 봄을 마련해 놓고 나뭇가지 위에 하늘이 펼쳐 있다. 가만이 하늘을 들여다보려면 눈썹에 파란 물감이 든다. 두 손으로 따뜻한 볼을 쓰어 보면 손바닥에도 파란 물감이 묻어난다. 다시 손바닥을 들여다본다. 손금에는 맑은 강물이 흐르고, 맑은 강물이 흐르고, 강물 속에는 사랑처럼 슬픈 얼굴—아름다운 순이(順伊)의 얼굴이 어린다. 소년(少年)은 황홀히 눈을 감아 본다. 그래도 맑은 강물은 흘러 사랑처럼 슬픈 얼굴—아름다운 순이(順伊)의 얼굴은 어린다.

길

잃어버렸습니다.
무얼 어디다 잃었는지 몰라
두 손이 주머니를 더듬어
길에 나아갑니다.

돌과 돌과 돌이 끝없이 연달아
길은 돌담을 끼고 갑니다.

담은 쇠문을 굳게 닫아

길 위에 긴 그림자를 드리우고

길은 아침에서 저녁으로
저녁에서 아침으로 통했습니다.

돌담을 더듬어 눈물 짓다
쳐다보면 하늘은 부끄럽게 푸릅니다.

풀 한 포기 없는 이 길을 걷는 것은
담 저쪽에 내가 남아 있는 까닭이고,

내가 사는 것은, 다만,
잃은 것을 찾는 까닭입니다.

새로운 길

내를 건너서 숲으로
고개를 넘어서 마을로

어제도 가고 오늘도 갈
나의 길 새로운 길

민들레가 피고 까치가 날고
아가씨가 지나고 바람이 일고

나의 길은 언제나 새로운 길
오늘도…… 내일도……

내를 건너서 숲으로
고개를 넘어서 마을로

이런 날

사이좋은 정문(正門)의 두 돌기둥 끝에서
오색기(五色旗)와 태양기(太陽旗)가 춤을 추는 날,
금을 그은 지역(地域)의 아이들이 즐거워하다.

아이들에게 하루의 건조(乾燥)한 학과(學課)로
해말간 권태(倦怠)가 깃들고
「모순(矛盾)」 두 자를 이해치 못하도록
머리가 단순(單純)하였구나.

이런 날에는
잃어버린 완고(頑固)하던 형(兄)을
부르고 싶다.

거리에서

달밤의 거리
광풍(狂風)이 휘날리는
북국(北國)의 거리
도시의 진주(眞珠)
전등(電燈) 밑을 헤엄치는
조그만 인어(人魚) 나,
달과 전등에 비쳐
한 몸에 둘셋의 그림자,
커졌다 작아졌다.

괴롬의 거리
회색(灰色)빛 밤거리를
걷고 있는 이 마음
여풍(旅風)이 일고 있네
외로우면서도
한 갈피 두 갈피
피어나는 마음의 그림자,
푸른 공상(空想)이
높아졌다 낮아졌다.

자 화 상

산모퉁이를 돌아 논가 외딴 우물을 홀로 찾아가선
가만히 들여다봅니다.

우물 속에는 달이 밝고 구름이 흐르고 하늘이
펼치고 파아란 바람이 불고 가을이 있습니다.

그리고 한 사나이가 있습니다.
어쩐지 그 사나이가 미워져 돌아갑니다.

돌아가다 생각하니 그 사나이가 가엾어집니다.
도로 가 들여다보니 사나이는 그대로 있습니다.

다시 그 사나이가 미워져 돌아갑니다.
돌아가다 생각하니 그 사나이가 그리워집니다.

우물 속에는 달이 밝고 구름이 흐르고 하늘이
펼치고 파아란 바람이 불고 가을이 있고
추억(追憶)처럼 사나이가 있습니다.

양지(陽地)쪽

저쪽으로 황토(黃土) 실은 이 땅 봄바람이
호인(胡人)의 물레바퀴처럼 돌아 지나고

아롱진 사월태양(四月太陽)의 손길이
벽(壁)을 등진 섧은 가슴마다 올올이 만진다.

지도(地圖)째기 놀음에 뉘 땅인 줄 모르는 애 둘이
한 뼘 손가락이 짧음을 한(恨)함이여

아서라! 가뜩이나 엷은 평화(平和)가
깨어질까 근심스럽다.

슬픈 족속(族屬)

흰 수건이 검은 머리를 두르고
흰 고무신이 거친 발에 걸리우다.

흰 저고리 치마가 슬픈 몸집을 가리고
흰 띠가 가는 허리를 질끈 동이다.

풍　경(風景)

봄바람을 등진 초록빛 바다
쏟아질 듯 쏟아질 듯 위태롭다.

잔주름 치마폭의 두둥실거리는 물결은,
오스라질 듯 한끝 경쾌(輕快)롭다.
마스트 끝에 붉은 기(旗)ㅅ발이
여인(女人)의 머리칼처럼 나부낀다.

이 생생한 풍경(風景)을 앞세우며 뒤세우며
외—ㄴ 하루 거닐고 싶다.

——우중충한 오월(五月) 하늘 아래로,
——바닷빛 포기포기에 수(繡)놓은 언덕으로.

장

이른 아침 아낙네들은 시들은 생활(生活)을
바구니 하나 가득 담아 이고……
업고 지고…… 안고 들고……
모여드오 자꾸 장에 모여드오.
가난한 생활(生活)을 골골이 벌여놓고
밀려가고 밀려오고……
저마다 생활(生活)을 외치오…… 싸우오.
왼 하루 올망졸망한 생활을
되질하고 저울질하고 자질하다가
날이 저물어 아낙네들이
쓴 생활(生活)과 바꾸어 또 이고 돌아가오.

바　　다

실어다 뿌리는
바람조차 씨원타.

솔나무 가지마다 샛춤히
고개를 돌리어 빼들어지고,

밀치고
밀치운다.

이랑을 넘는 물결은
폭포처럼 피어 오른다.

해변(海邊)에 아이들이 모인다.
찰찰 손을 씻고 구보로.

바다는 자꾸 섧어진다.
갈매기의 노래에……

돌아다보고 돌아다보고
돌아가는 오늘의 바다여!

바람이 불어

바람이 어디로부터 불어와
어디로 불려가는 것일까,

바람이 부는데
내 괴로움에는 이유(理由)가 없다.

내 괴로움에는 이유(理由)가 없을까,

단 한 여자(女子)를 사랑한 일도 없다.
시대(時代)를 슬퍼한 일도 없다.

바람이 자꾸 부는데
내 발이 반석 위에 섰다.

강물이 자꾸 흐르는데
내 발이 언덕 위에 섰다.

무서운 시간(時間)

거 나를 부르는 것이 누구요,

가랑잎 잎파리 푸르러 나오는 그늘인데,
나, 아직 여기 호흡(呼吸)이 남아 있소.

한 번도 손들어 보지 못한 나를
손들어 표할 하늘도 없는 나를
어디에 내 한몸 둘 하늘이 있어
나를 부르는 것이오.

일을 마치고 내 죽는 날 아침에는
서럽지도 않은 가랑잎이 떨어질 텐데……

나를 부르지 마오.

삶과 죽음

삶은 오늘도 죽음의 서곡(序曲)을 노래하였다.
이 노래가 언제나 끝나랴.

세상 사람은——
뼈를 녹여 내는 듯한 삶의 노래에
춤을 춘다
사람들은 해가 넘어가기 전
이 노래 끝의 공포(恐怖)를
생각할 사이가 없었다.

하늘 복판에 알새기 듯이
이 노래를 부른 자(者)가 누구뇨

그리고 소낙비 그친 뒤같이도
이 노래를 그친 자(者)가 누구뇨

죽고 뼈만 남은
죽음의 승리자(勝利者) 위인(偉人)들!

황혼이 바다가 되어

하루도 검푸른 물결에
흐느적 잠기고…… 잠기고……

저—왼 검은 고기떼가
물든 바다를 날아 횡단(橫斷)할고.

낙엽(落葉)이 된 해초(海草)
해초(海草)마다 슬프기도 하오.

서창(西窓)에 걸린 해말간 풍경화(風景畵).
옷고름 너어는 고아(孤兒)의 설움.

이제 첫 항해(航海)하는 마음을 먹고
방바닥에 나뒹구오…… 뒹구오……

황혼(黃昏)이 바다가 되어
오늘도 수(數)많은 배가
나와 함께 이 물결에 잠겼을 게요.

눈 감고 간다

태양(太陽)을 사모하는 아이들아
별을 사랑하는 아이들아

밤이 어두웠는데
눈 감고 가거라.

가진 바 씨앗을
뿌리면서 가거라.

발뿌리에 돌이 채이거든
감았던 눈을 와짝 떠라.

간판(看板)없는 거리

정거장(停車場) 플랫폼에
내렸을 때 아무도 없어,

다들 손님들뿐,
손님 같은 사람들뿐,

집집마다 간판(看板)이 없어
집 찾을 근심이 없어

빨갛게
파랗게
불 붙는 문자(文字)도 없이

모퉁이마다
자애(慈愛)로운 헌 와사등(瓦斯燈)에
불을 혀 놓고,

손목을 잡으면
다들, 어진 사람들
다들, 어진 사람들

봄, 여름, 가을, 겨울,
순서로 돌아들고.

아우의 인상화(印象畫)

붉은 이마에 싸늘한 달이 서리어
아우의 얼굴은 슬픈 그림이다.

발걸음을 멈추어
살그머니 앳된 손을 잡으며
「늬는 자라 무엇이 되려니」
「사람이 되지」
아우의 설은 진정코 설은 대답(對答)이다.

슬며시 잡았던 손을 놓고
아우의 얼굴을 다시 들여다본다.

싸늘한 달이 붉은 이마에 젖어
아우의 얼굴은 슬픈 그림이다.

산　상(山上)

거리가 바둑판처럼 보이고,
강(江)물이 배암의 새끼처럼 기는
산(山) 위에까지 왔다.
아직쯤은 사람들이
바둑돌처럼 버려있으리라.

한나절의 태양(太陽)이
함석지붕에만 비치고,
굼벵이 걸음을 하던 기차(汽車)가
정거장(停車場)에 섰다가 검은 내를 토(吐)하고
또 걸음발을 탄다.

텐트 같은 하늘이 무너져
이 거리를 덮을까 궁금하면서
좀더 높은 데로 올라가고 싶다.

사랑의 전당(殿堂)

순(順)아 너는 내 전(殿)에 언제 들어왔던 것이냐?
내사 언제 네 전(殿)에 들어갔던 것이냐?

우리들의 전당(殿堂)은
고풍(古風)한 풍습(風習)이 어린 사랑의 전당(殿堂)

순(順)아 암사슴처럼 수정(水晶)눈을 내려감아라.
난 사자처럼 엉크린 머리를 고루련다.

우리들의 사랑은 한낱 벙어리였다.

성(聖)스런 촛대에 열(熱)한 불이 꺼지기 전(前)
순(順)아 너는 앞문으로 내달려라.

어둠과 바람이 우리 창(窓)에 부닥치기 전
나는 영원(永遠)한 사랑을 안은 채
뒷문으로 멀리 사라지련다.

이제 네게는 삼림(森林) 속의 아늑한 호수(湖水)가 있고
내게는 험준(嶮峻)한 산맥(山脈)이 있다.

창　공(蒼空)

그 여름날
열정(熱情)의 포플라는
오려는 창공(蒼空)의 푸른 젖가슴을
어루만지려
팔을 펼쳐 흔들거렸다.
끓는 태양(太陽) 그늘 좁다란 지점(地點)에서.
천막(天幕) 같은 하늘 밑에서
떠들던 소나기
그리고 번개를,

춤추던 구름은 이끌고
남방(南方)으로 도망하고,
높다랗게 창공(蒼空)은 한폭으로
가지 위에 퍼지고
둥근달과 기러기를 불러왔다.
푸드른 어린 마음이 이상(理想)에 타고,
그의 동경(憧憬)의 날 가을에
조락(凋落)의 눈물을 비웃다.

참회록(懺悔錄)

파란 녹이 낀 구리거울 속에
내 얼굴이 남아 있는 것은
어느 왕조(王朝)의 유물(遺物)이기에
이다지도 욕될까

나는 나의 참회(懺悔)의 글을 한 줄에 줄이자
——만 이십사년 일개월(滿 二十四年 一個月)을
    무슨 기쁨을 바라 살아왔던가

내일이나 모레나 그 어느 즐거운 날에
나는 또 한 줄의 참회록(懺悔錄)을 써야 한다.
——그 때 그 젊은 나이에
    왜 그런 부끄런 고백(告白)을 했던가

밤이면 밤마다 나의 거울을
손바닥으로 발바닥으로 닦아 보자.
그러면 어느 운석(隕石) 밑으로 홀로 걸어가는
슬픈 사람의 뒷모양이
거울 속에 나타나온다.

또 다른 고향(故鄕)

고향(故鄕)에 돌아온 날 밤에
내 백골(白骨)이 따라와 한방에 누웠다.

어둔 방(房)은 우주(宇宙)로 통(通)하고
하늘에선가 소리처럼 바람이 불어 온다.

어둠 속에서 곱게 풍화작용(風化作用)하는
백골(白骨)을 들여다보며
눈물짓는 것이 내가 우는 것이냐
백골(白骨)이 우는 것이냐
아름다운 혼(魂)이 우는 것이냐

지조(志操) 높은 개는
밤을 새워 어둠을 짖는다.

어둠을 짖는 개는
나를 쫓는 것일 게다.

가자 가자
쫓기우는 사람처럼 가자
백골(白骨) 몰래
아름다운 또 다른 고향(故鄕)에 가자.

쉽게 씌어진 시(詩)

창(窓) 밖에 밤비가 속살거려
육첩방(六疊房)은 남의 나라,

시인(詩人)이란 슬픈 천명(天命)인 줄 알면서도
한 줄 시(詩)를 적어 볼까,

땀내와 사랑내 포근히 품긴
보내 주신 학비(學費) 봉투(封套)를 받아

대학(大學) 노－트를 끼고
늙은 교수(教授)의 강의(講義) 들으러 간다.

생각해 보면 어린 때 동무를
하나, 둘, 죄다 잃어버리고

나는 무얼 바라
나는 다만, 홀로 침전(沈殿)하는 것일까?

인생(人生)은 살기 어렵다는데
시(詩)가 이렇게 쉽게 씌어지는 것은
부끄러운 일이다.

육첩방(六疊房)은 남의 나라
창(窓) 밖에 밤비가 속살거리는데,

등불을 밝혀 어둠을 조금 내몰고,
시대(時代)처럼 올 아침을 기다리는 최후(最後)의 나,

나는 나에게 적은 손을 내밀어
눈물과 위안(慰安)으로 잡는 최초(最初)의 악수(握手).

가 슴 1

소리없는 북,
답답하면 주먹으로
뚜드려 보오.

그래 봐도
후——
가아는 한숨보다 못하오

가 슴 2

불꺼진 화(火)독을
안고 도는 겨울밤은 깊었다.

재(灰)만 남은 가슴이
문풍지 소리에 떤다.

봄

봄이 혈관(血管) 속에 시내처럼 흘러
돌, 돌, 시내 가차운 언덕에
개나리, 진달래, 노오란 배추꽃

삼동(三冬)을 참아 온 나는
풀포기처럼 피어난다.

즐거운 종달새야
어느 이랑에서 즐거웁게 솟쳐라.

푸르른 하늘은
아른아른 높기도 한데……

초 한대

초 한대——
내 방에 품긴 향내를 맡는다.

광명(光明)의 제단(祭壇)이 무너지기 전
나는 깨끗한 제물(祭物)을 보았다.

염소의 갈비뼈 같은 그의 몸,
그의 생명(生命)인 심지(心志)까지
백옥(白玉)같은 눈물과 피를 흘려
불살려버린다.

그리고도 책상머리에 아롱거리며
선녀처럼 촛불은 춤을 춘다.

매를 본 꿩이 도망하듯이
암흑(暗黑)이 창구멍으로 도망한
나의 방에 품긴
제물(祭物)의 위대(偉大)한 향(香)내를
맛보노라.

남(南)쪽 하늘

제비는 두 나래를 가지었다.
시산한 가을 날——

어머니의 젖가슴이 그리운
서리 내리는 저녁——
어린 영(靈)은 쪽나래의 향수(鄕愁)를 타고
남(南)쪽 하늘에 떠돌 뿐——

——1935. 10. 평양에서——

비　애(悲哀)

호젓한 세기(世紀)의 달을 따라
알 듯 모를 듯한 데로 거닐고저!

아닌 밤중에 튀기듯이
잠자리를 뛰쳐
끝없는 광야(曠野)를 홀로 거니는
사람의 심사(心思)는 외로우려니

아— 이 젊은이는
피라밋처럼 슬프구나.

황　혼(黃昏)

햇살은 미닫이 틈으로
길죽한 일자(一字)를 쓰고…… 지우고……
까마귀떼 지붕 위로
둘, 둘, 셋, 넷, 자꾸 날아 지난다.
쑥쑥, 꿈틀꿈틀 북(北)쪽 하늘로,
내사……
북(北)쪽 하늘에 나래를 펴고 싶다.

──1936. 2. 25 평양에서──

비 둘 기

안아 보고 싶게 귀여운
산비둘기 일곱 마리
하늘 끝까지 보일 듯이 맑은 공일날 아침에
벼를 거두어 빤빤한 논에
앞을 다투어 모이를 주으며
어려운 이야기를 주고 받으오

날씬한 두 나래로 조용한 공기를 흔들어
두 마리가 나오
집에 새끼 생각이 나는 모양이오.

꿈은 깨어지고

꿈은 눈을 떴다.
그윽한 유무(幽霧)에서.

노래하는 종달이
도망쳐 날아가고,

지난 날 봄타령하던
금잔디밭은 아니다.

탑(塔)은 무너졌다,
붉은 마음의 탑(塔)이——

손톱으로 새긴 대리석탑(大理石塔)이——
하루 저녁 폭풍(暴風)에 여지(餘地)없이도,

오오 황폐(荒廢)의 쑥밭,
눈물과 목메임이여!

꿈은 깨어졌다
탑(塔)은 무너졌다.

산　림(山林)

시계(時計)가 자근자근 가슴을 때려
불안(不安)한 마음을 산림(山林)이 부른다.

천년(千年) 오래인 연륜(年輪)에 찌들은 유암(幽暗)한 산림(山林)이,
고달픈 한몸을 포옹(抱擁)할 인연(因緣)을 가졌나 보다.

산림(山林)의 검은 파동(波動) 위로부터
어둠은 어린 가슴을 짓밟고

이파리를 흔드는 저녁 바람이
솨— 공포(恐怖)에 떨게 한다.

멀리 첫여름의 개구리 재질댐에
흘러간 마을의 과거(過去)는 아질타,

나무 틈으로 반짝이는 별만이
새날의 희망(希望)으로 나를 이끈다.

사랑스런 추억(追憶)

봄이 오던 아침, 서울 어느 쪼그만 정거장(停車場)에서
희망(希望)과 사랑처럼 기차(汽車)를 기다려,

나는 플랫폼에 간신한 그림자를 떨어뜨리고,
담배를 피웠다.

내 그림자는 담배연기 그림자를 날리고
비둘기 한 떼가 부끄러울 것도 없이
나래 속을 속, 속, 햇빛에 비춰, 날았다.

기차(汽車)는 아무 새로운 소식도 없이
나를 멀리 실어다 주어,

봄은 다 가고──동경교외(東京郊外) 어느 조용한
하숙방(下宿房)에서, 옛거리에 남은 나를 희망(希望)과
사랑처럼 그리워 한다.

오늘도 기차(汽車)는 몇 번이나 무의미(無意味)하게
지나가고,

오늘도 나는 누구를 기다려 정거장(停車場) 차가운
언덕에서 서성거릴 게다.

──아아 젊음은 오래 거기 남아 있거라.

흰 그림자

황혼(黃昏)이 짙어지는 길모금에서
하루 종일 시들은 귀를 가만히 기울이면
땅검의 옮겨지는 발자취 소리,

발자취 소리를 들을 수 있도록
나는 총명했던가요.

이제 어리석게도 모든 것을 깨달은 다음
오래 마음 깊은 속에
괴로워하던 수많은 나를
하나, 둘 제 고장으로 돌려보내면
거리 모퉁이 어둠 속으로
소리없이 사라지는 흰 그림자,

흰 그림자를
연연히 사랑하던 흰 그림자들,

내 모든 것을 돌려보낸 뒤
허전히 뒷골목을 돌아
황혼(黃昏)처럼 물드는 내 방으로 돌아오면
신념(信念)이 깊은 으젓한 양(羊)처럼
하루 종일 시름없이 풀포기나 뜯자.

흐르는 거리

으스럼히 안개가 흐른다. 거리가 흘러간다. 저 전차(電車), 자동차(自動車), 모든 바퀴가 어디로 흘리워 가는 것일까? 정박(定泊)할 아무 항구(港口)도 없이, 가련한 많은 사람들을 싣고서, 안개 속에 잠긴 거리는,

거리 모퉁이 붉은 포스트 상자를 붙잡고 섰을라면 모든 것이 흐르는 속에 어렴풋이 빛나는 가로등(街路燈), 꺼지지

않는 것은 무슨 상징(象徵)일까? 사랑하는 동무
박(朴)이여! 그리고 김(金)이여! 자네들은 지금 어디
있는가? 끝없이 안개가 흐르는데,

「새로운 날 아침 우리 다시 정답게 손목을 잡아 보세」
몇 자(字) 적어 포스트 속에 떨어뜨리고, 밤을 새워 기다리면
금휘장(金徽章)에 금(金)단추를 삐었고 거인(巨人)처럼
찬란히 나타나는 배달부(配達夫), 아침과 함께 즐거운
내임(來臨),

이 밤을 하염없이 안개가 흐른다.

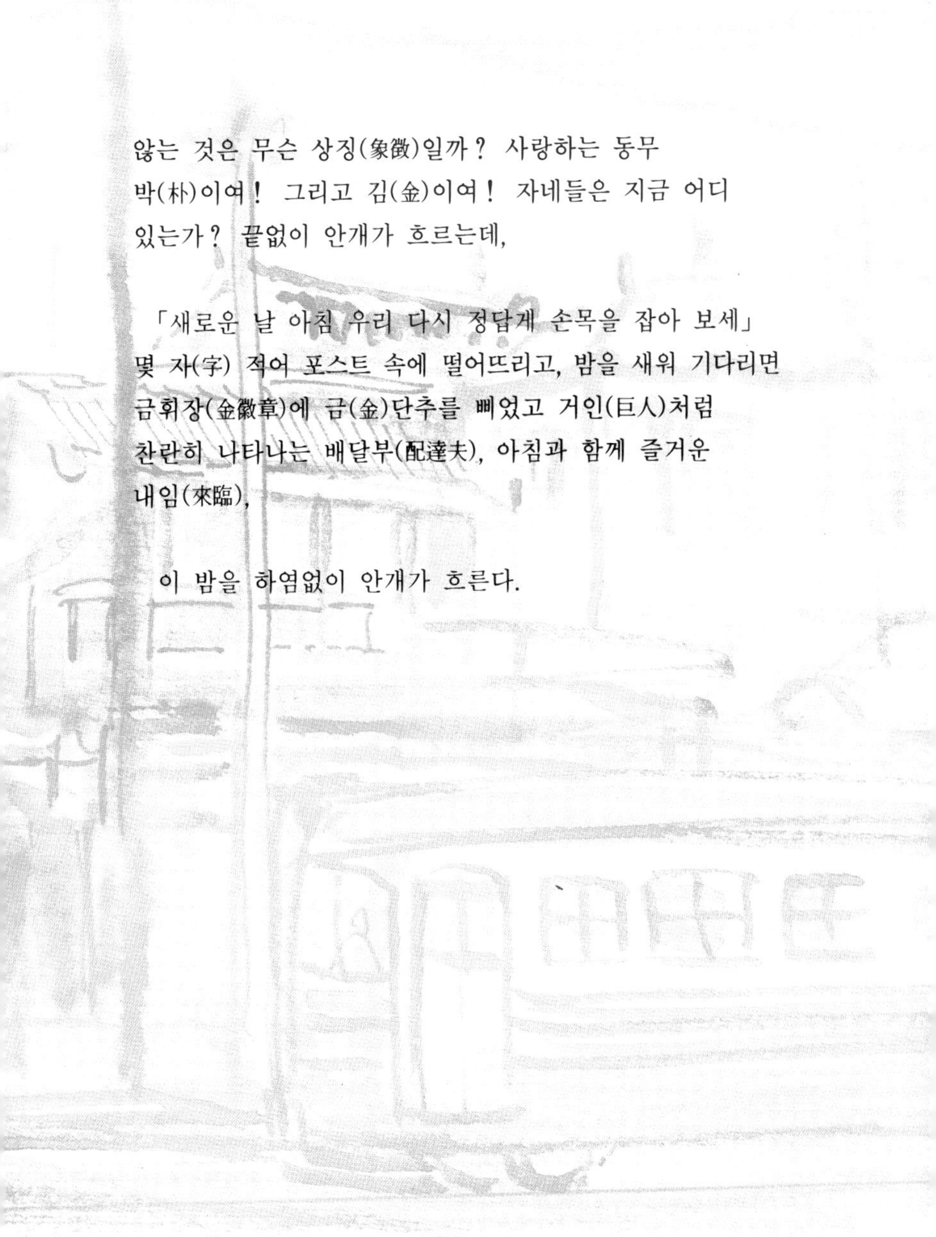

한 란 계(寒暖計)

싸늘한 대리석(大理石) 기둥에 목아지를 비틀어 맨
한란계(寒暖計),
문득 들여다볼 수 있는 운명(運命)한 오척육촌(五尺六寸)의
허리 가는 수은주(水銀柱),
마음은 유리관(琉璃管) 보다 맑소이다.

혈관(血管)이 단조(單調)로와 신경질(神經質)인
여론동물(輿論動物),
가끔 분수(噴水) 같은 냉(冷)침을 억지로 삼키기에
정력(精力)을 낭비(浪費)합니다.

영하(零下)로 손가락질할 수돌네 방(房)처럼 추운
겨울보다
해바라기 만발(滿發)한 팔월 교정(八月校庭)이 이상(理想)
곱소이다.
피끓을 그날이——

어제는 막 소낙비가 퍼붓더니 오늘은 좋은 날씨올시다.
동저고리 바람에 언덕으로, 숲으로 하시구려——
이렇게 가만가만 혼자서 귓속 이야기를 하였습니다.
나는 또 내가 모르는 사이에——

나는 아마도 진실한 세기(世紀)의 계절(季節)을 따라——
하늘만 보이는 울타리 안을 뛰쳐,
역사(歷史) 같은 포지선을 지켜야 봅니다.

명　상(瞑想)

가츨가츨한 머리칼은 오막살이 처마끝,
쉬파람에 콧마루가 서운한 양 간질키오.

들창(窓)같은 눈은 가볍게 닫혀
이 밤에 연정(戀情)은 어둠처럼 골골히 스며드오.

창(窓)

쉬는 시간(時間)마다
나는 창(窓)념으로 갑니다.

——창(窓)은 산 가르침.

이글이글 불을 피워 주소,
이 방에 찬 것이 서립니다.

단풍잎 하나
맴 도나 보니
아마도 작으마한 선풍(旋風)이 인 게외다.

그래도 싸느란 유리창에
햇살이 쨍쨍한 무렵,
상학종(上學鐘)이 울어만 싶습니다.

비 오는 밤

솨! 철석! 파도소리 문살에 부서져
잠 살포시 꿈이 흩어진다.

잠은 한낱 검은 고래떼처럼 살래어,
달랠 아무런 재주도 없다.

불을 밝혀 잠옷을 정성스리 여미는
삼경(三更).
염원(念願).

동경(憧憬)의 땅 강남(江南)에 또 홍수(洪水)질 것만 싶어,
바다의 향수(鄕愁)보다 더 호젓해진다.

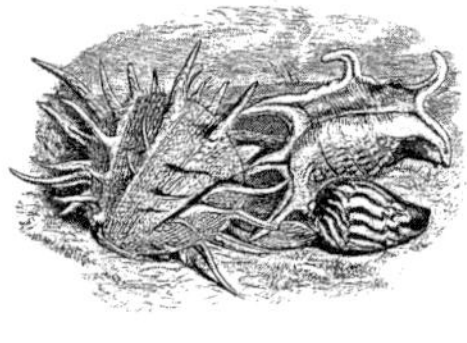

산협(山峽)의 오후

내 노래는 오히려
섧은 산울림.

골짜기 길에
떨어진 그림자는
너무나 슬프구나

오후(午後)의 명상(瞑想)은
아— 졸려.

이　적(異蹟)

발에 터부한 것을 다 빼어 버리고
황혼(黃昏)이 호수(湖水) 위로 걸어오듯이
나도 사뿐사뿐 걸어 보리이까?

내사 이 호수(湖水)가로
부르는 이 없이
불리워 온 것은
참말 이적(異蹟)이외다.

오늘 따라
연정(戀情), 자홀(自惚), 시기(猜忌), 이것들이
자꾸 금(金)메달처럼 만져지는구려

하나, 내 모든 것을 여념(餘念)없이
물결에 씻어 보내려니
당신은 호면(湖面)으로 나를 불러 내소서.

겨　울

처마 밑에
시래기 다래미
바삭바삭
추워요.

길바닥에
말똥 동그래미
달랑달랑
얼어요.

참　　새

가을 지난 마당은 하이얀 종이
참새들이 글씨를 공부하지요.

째액째액 입으로 받아 읽으며
두 발로는 글씨를 연습하지요.

하루 종일 글씨를 공부하여도
짹자 한 자밖에는 더 못 쓰는 걸.

고 추 밭

시들은 잎새 속에서
고 빠알간 살을 드러내 놓고,
고추는 방년(芳年)된 아가씬 양
땍볕에 자꾸 익어 간다.

할머니는 바구니를 들고
밭머리에서 어정거리고
손가락 너어는 아이는
할머니 뒤만 따른다.

애기의 새벽

우리 집에는
닭도 없단다.
다만
애기가 젖달라 울어서
새벽이 된다.

우리 집에는
시계도 없단다.
다만
애기가 젖달라 보채어
새벽이 된다.

눈

지난 밤에
눈이 소오복이 왔네

지붕이랑
길이랑 밭이랑
추워한다고
덮어 주는 이불인가 봐

그러기에
추운 겨울에만 내리지

조개껍질

아롱아롱 조개 껍데기
울 언니 바닷가에서
주워 온 조개 껍데기

여긴 여긴 북쪽 나라요
조개는 귀여운 선물
장난감 조개 껍데기

데굴데굴 굴리며 놀다
짝 잃은 조개 껍데기
한짝을 그리워하네

아롱아롱 조개 껍데기
나처럼 그리워하네
물 소리 바닷물 소리.

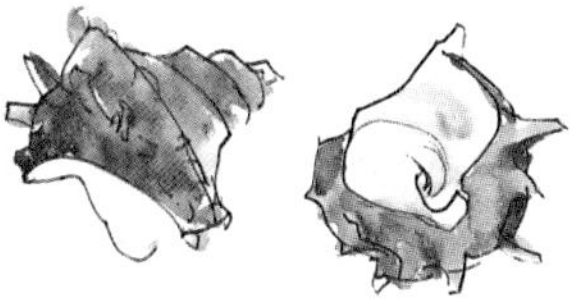

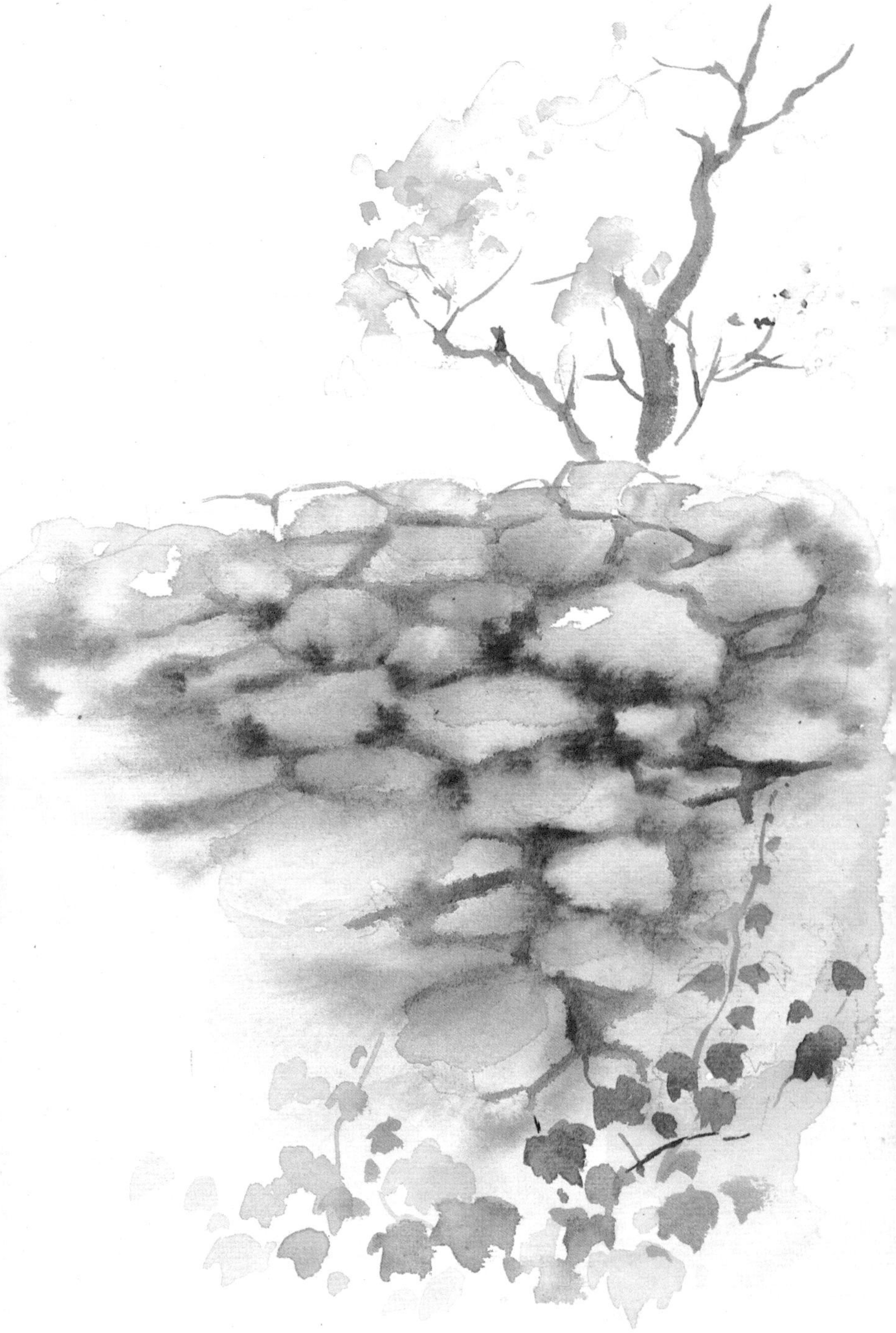

봄

우리 애기는
아래 발치에서 코올코올,

고양이는
부뚜막에서 가릉가릉,

애기 바람이
나뭇가지에서 소올소올,

아저씨 햇님이
하늘 한가운데서 째앵째앵.

코스모스

청초(淸楚)한 코스모스는
오직 하나인 나의 아가씨,

달빛이 싸늘히 추운 밤이면
옛 소녀(少女)가 못 견디게 그리워
코스모스 핀 정원(庭園)으로 찾아간다.

코스모스는
귀또리 울음에도 수줍어지고,

코스모스 앞에선 나는
어렸을 적처럼 부끄러워지나니,

내 마음은 코스모스의 마음이오
코스모스의 마음은 내 마음이다.

병아리

「뺘, 뺘, 뺘,
엄마 젖 좀 주」
병아리 소리.

「꺽, 꺽, 꺽,
오냐 좀 기다려」
엄마닭 소리.

좀 있다가
병아리들은
엄마 품 속으로
다 들어갔지요.

귀뚜라미와 나와

귀뚜라미와 나와
잔디밭에서 이야기했다.

귀뜰귀뜰
귀뜰귀뜰

아무게도 알으켜 주지 말고
우리 둘만 알자고 약속했다.

귀뜰귀뜰
귀뜰귀뜰

귀뚜라미와 나와
달 밝은 밤에 이야기했다.

햇 비

아씨처럼 내린다
보슬보슬 해ㅅ비
맞아 주자 다 같이
옥수숫대처럼 크게
닷자 엿자 자라게
햇님이 웃는다
나보고 웃는다.

하늘 다리 놓였다
알롱알롱 무지개
노래하자 즐겁게
동무들아 이리 오나
다 같이 춤을 추자
햇님이 웃는다
즐거워 웃는다

반 딧 불

가자 가자 가자
숲으로 가자
달조각을 주으러
숲으로 가자.

그믐밤 반딧불은
부서진 달조각,

가자 가자 가자
숲으로 가자
달조각을 주으러
숲으로 가자.

거짓부리

똑, 똑, 똑,
문 좀 열어 주세요
하룻밤 자고 갑시다.
　　밤은 깊고 날은 추운데
　　거 누굴까?
문 열어 주고 보니
검둥이의 꼬리가
거짓부리 한 걸.

꼬기요, 꼬기요,
달걀 낳았다.
간난아 어서 집어 가거라
　　간난이 뛰어가 보니
　　달걀은 무슨 달걀,
고놈의 암탉이
대낮에 새빨간
거짓부리 한 걸.

내일은 없다

—어린 마음이 물은—

내일 내일 하기에
물었더니
밤을 자고 동틀 때
내일이라고
새날을 찾던 나는
잠을 자고 돌보니
그 때는 내일이 아니라
오늘이더라
무리여！ 동무여！
내일은 없나니
…………

달같이

연륜(年輪)이 자라듯이
달이 자라는 고요한 밤에
달같이 외로운 사랑이
가슴 하나 뻐근히
연륜(年輪)처럼 피어 나간다.

산 울 림

까치가 울어서
산울림,
아무도 못 들은
산울림,

까치가 들었다,
산울림,
저 혼자 들었다,
산울림,

저항과 지조의 시인—윤동주

전 규 태
(문학평론가)

시사적(詩史的)인 관점에서 볼 때 일본 제국주의 치하에서 그 어두운 시대적인 상황과의 끈질긴 대결을 한 저항 시인으로 흔히 한용운, 이육사와 함께 의례 윤동주를 말한다.

일제 식민지 치하에서 굴하지 않고 저항했던 윤동주는 1917년 만주 북간도에서 태어나 연희전문학교를 거쳐 일본 도시샤(同志社) 대학에서 수학 중, 독립운동을 하다가 피검되어 옥고를 치르다가 1945년 2월 큐슈(九州)의 후쿠오카(福岡) 형무소에서 스물 여덟살의 젊은 나이로 옥사했다.

물론 윤동주를 저항 시인 아닌 순수 시인으로 보는 이('의식분열과 좌절에서 오는 유희공간'으로 보는 등)도 있으나, 그의 이같은 생애를 두고 볼 때 그는 저항 시인임에 틀림없고, 또한 대부분 그렇게 평가하고 있다.

저항 시인으로서의 윤동주 상(像)은 그의 생전에 가까이 지냈던 동창생들의 증언에 의해 그의 바른 모습이 잘 드러나 있다.

윤동주는 '읽혀지기를 기대하는 잠재적인 독자'(그의 시는 원고채로 남아 있다가 8·15해방 이후에야 햇빛을 보게 되었다.)를 두고 혹독한 압제 속의 일제하에서 시를 썼고, 그러한 그의 시의 줄기는, 끈질긴 저항의식과 운명에의 사랑으로 일관되어 있다.

물론 그의 시는 참여적 대결이나 의식적으로 씌여진 저항시는 아니다. 그러나 그의 시에는 잃어버린 조국 땅의 어두운 단면과의 악착스런 투쟁의 흔적이 스며 있다.

「세계의 저항 시집」에 수록되기도 한 〈쉽게 쓰여진 시〉에서 보면 이를 쉽게 수긍케 된다.

이 작품은 한 시인으로서 마땅히 지녀야 할 시대적인 사명의 옹근 다짐이라고 본다. 시대적인 어두움을 내몰고서 한 가닥 광명을 갈구

하는 최후적인 존재로서의 자기를 뚜렷하게 의식하고 있다.

여기서, 어린시절의 '동무'를 하나 둘 잃어버리게 한 것은 과연 무슨 작용 탓이었을까를 생각해 보게 된다. 어쩌면 그것은 일본제국주의자들이 '그들'을 전쟁터로 끌고 간 때문이었을 것이다. 그것은 '홀로 침전해야 하는' 가슴 아픈 나날들이었다.

그의 시는 자아(自我)의 세계를 더 깊이 파고 들며, 또한 심오한 내면을 손쉽게 우리에게 전달해 주는 오묘함이 있다. 영원한 생명, 삶에 대한 고뇌가 추상적인 표현을 빌어, 우리를 더 많이 생각하게 하고, 시의 내용을 더욱 풍부하게 해 준다.

그의 대표작의 하나인 〈또 다른 고향(故鄕)〉을 예로 들어 보자.

고향(故鄕)에 돌아온 날 밤에
내 백골(白骨)이 따라와 한방에 누웠다.

어둔 방(房)은 우주(宇宙)로 통(通)하고
하늘에선가 소리처럼 바람이 불어 온다.

어둠 속에서 곱게 풍화작용(風化作用)하는
백골(白骨)을 들여다보며
눈물짓는 것이 내가 우는 것이냐
백골(白骨)이 우는 것이냐
아름다운 혼(魂)이 우는 것이냐

지조(志操) 높은 개는
밤을 새워 어둠을 짖는다.

어둠을 짖는 개는
나를 쫓는 것일 게다.

가자 가자
쫓기우는 사람처럼 가자
백골(白骨) 몰래
아름다운 또 다른 고향(故鄕)에 가자.

——〈또 다른 고향(故鄕)〉——

그는 불안과 위기에 억눌린 정신의 안식처를 구해 고향을 찾는다. 그가 말하는 '고향'이란 정신적인 안식처를 말한다. 고향에 돌아온 날 밤에 백골이 따라와 한방에 누웠다. 이것은 아무 데를 가나 그를 따라 다닌다. 동주는 육체와 영혼의 분리 의식을 가짐으로써 불안과 공포에서 벗어나 보려고 한다. 하지만 이 강박감은 온 세계를 덮고, 불안, 위기의 분위기마저 감돌기도 한다.

그의 시에 있어 곧잘 나타나는 깊은 고뇌는 인간의 정신과 풍부한 감정에서 우러나오고 있음을 알 수 있다. 즉, 정신도 육체도 불안과 공포에 의해 야위어 가고 쇠약해진다.

흔히 윤동주를 '부끄러움의 시인'이라고도 말한다. 그의 '부끄러움'은 '미움', '괴로움', '가엾음' 등의 시어로 연결되어 나타난다.

이러한 부끄러움은 그 자신만이 행복하게 살 수 없다는 뼈 아픈 자각의 표현이며, 또한 그의 티없는 결백성에서 오는 것으로 보인다. 그의 시는 식민지 치하의 가난과 슬픔을 부끄러움의 미학(美學)으로 극복하여 일제 말기의 어두운 정서에 하나의 질서를 부여했다.

가장 혹독했던 일제 말기에 '한 점 부끄럼이 없기를'(〈序詩〉에서) 바라는 윤동주의 강렬한 희구에 대한 내부의 혼돈과 더불어 그는 아마도 기나긴 싸움을 치렀을 것이다.

윤동주의 시를 이 때문에 저항시로 보지 않는 견해들은 아마도 그의 시어(詩語)가 너무나도 맑고, 또 그 표현이 그러한 맑음과 어울리는 인간의 순수한 사랑이 서정적으로 흘러내리기 때문에 그렇게 보고 있는 것인지도 모른다. '눈물짓는' '우는' 따위의 멜로드라마틱한 말들이, 결코 천하지 않게 살아서 시어로서의 제 구실을 다하고 있음을 그의 여러 시에서 볼 수 있다.

그의 시에서 '백골'같은 괴상한 어휘의 나열 속에서도 묘한, 또는 징그러운 아름다움 같은 것이 느껴지는 옹근 시적 표현이 되고 있는 것은 아마도 이 시인의 티없이 고운 품격과 시 정신에서 나오는 것이리라.

윤동주의 시에는 자기 자신에 관한 시 작품이 많다. 그가 즐겨 쓴 시어의 빈도수를 보면 '나(또는 내)'가 퍽 많이 사용되고 있는 것으로 미루어 보아도 이를 잘 알 수 있다. 그는 시작(詩作)을 통해서 꾸준히 자기를 확인하고 참회하는 작업을 계속했던 것 같다.

그는 곧잘 자기를 갈고 닦을 수 있는 거울에 메타포(metaphor)하였는데, 그러한 거울은 현재의 자기가 아니고, 한결 더 높은 차원의 자아(自我)로서의 가능성을 보여 준다.

윤동주는 일제 식민지 치하에서 다 꺼져 가는 겨레의 얼을 끝까지 지킨 지조의 시인이다. 그의 시는 현실에 대한 순응을 집요하게 외면하고, 자기 성찰을 게을리하지 않으면서 초인적인 의지력을 보여 주었다. 그의 기독교적인 정신이 이를 더욱 옹글게 했는지도 모른다.

겨레의 비극을 뼈저리게 아파하고 이를 극복할 수 있는 힘이 자기에게는 없음을 부끄러워한 그의 순수정신, 그러나 그 어떤 애국투사 못지 않게 빛나는 별빛으로 우리 앞에 존재한다.

세계
명시
선집

세계명시선집 〈8〉 **윤 동 주**

혁신 초판 발행 2021년 8월 31일
그 린 이 안 영
펴 낸 이 최 석 로
펴 낸 곳 서 문 당
주 소 경기도 고양시 일산 서구 덕산로 99번길 85
우편번호 10204
전 화 031-923-8258
팩 스 031-923-8259
창립일자 1968년 12월 24일
창업등록 1968.12.26 No.가2367
출판등록 제 406-313-2001-000005호
ISBN 978-89-7243-809-0
초판 발행 1991년 11월 20일
* 파본은 바꾸어드립니다.